Juan
y los
frijoles
mágicos

En recuerdo de Richard Walker

Para mis abuelos,
May y Grania,
y en recuerdo de
Richard y de Joe — N. S.

Barefoot Books
2067 Massachusetts Ave
Cambridge, MA 02140

La composición tipográfica de este libro se realizó en Monotype
Bembo Bold 20pt con un espacio entre líneas de 32pt
Las ilustraciones se prepararon en *gesso* sobre lienzo

Diseño gráfico por Design Section, Frome
Separación de colores por Grafiscan, Verona
Impreso y encuadernado en China por Printplus

Este libro fue impreso en papel 100 por ciento libre de ácido
Edición en rústica + disco compacto ISBN 978-1-84686-216-8
3 5 7 9 8 6 4

The Library of Congress has cataloged the hardcover edition as follows:
Walker, Richard, 1943-1999.
Jack and the beanstalk / Richard Walker ; [illustrations by] Niamh Sharkey.
p. cm.
Summary: A retelling of the tale of a boy who climbs to the top of a magic beanstalk
and outsmarts a giant to make his and his mother's fortune.
ISBN 1-902283-13-9 (hardcover : alk. paper) [1. Fairy tales. 2. Giants—Folklore. 3.
Folklore—England.] I. Sharkey, Niamh, ill. II. Title.

PZ8.W165Jac 2006
398.2—dc22
2005022105

Juan
y los frijoles mágicos

Versión de
Richard Walker

Ilustrado por
Niamh Sharkey

Traducido por
Esther Sarfatti

Barefoot Books
Celebrating Art and Story

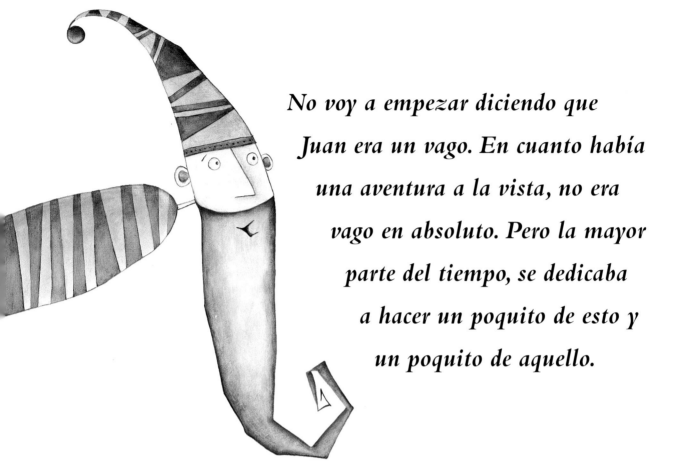

No voy a empezar diciendo que Juan era un vago. En cuanto había una aventura a la vista, no era vago en absoluto. Pero la mayor parte del tiempo, se dedicaba a hacer un poquito de esto y un poquito de aquello.

Juan vivía con su mamá y con Margarita, la vaca, en una casa medio en ruinas, no muy lejos del pueblo. A la mamá de Juan también le gustaba hacer un poquito de esto y un poquito de aquello. No tenían demasiado dinero, pero tampoco les importaba demasiado.

Pero llegó el día en
que ya no quedaba nada
para comer, ni siquiera
una miga de pan duro,
ni tampoco dinero
para comprar nada.

–Mal asunto, Juan -dijo su mamá–. No queda
más remedio que vender a la pobre Margarita.
Mejor será que mañana te levantes temprano y
la lleves al mercado. ¡Asegúrate de obtener un
buen precio por ella!

Juan se dio cuenta de que no valdría la
pena oponerse. Además, tenía mucha hambre.
Así que, al día siguiente, se levantó al amanecer
y se puso en camino, seguido de Margarita.

No se había alejado mucho cuando
se tropezó con un hombrecillo extraño.
El hombre llevaba una chaqueta grande
y suelta con unos bolsillos enormes.
    –Buenos días –saludó el hombre–.
Vaya una vaca más bonita que llevas.
¿Te gustaría hacer un trueque?

Juan recordó lo que su mamá le había dicho,
así que le preguntó al hombre:

–¿Y qué me dará a cambio?

–¡Esto! –declaró el hombrecillo y, hundiendo la mano
en uno de sus bolsillos, sacó seis frijoles de colores.

–¿Eso? –preguntó Juan.

–Sí –dijo el hombrecillo–, ¡esto! No pienses que
son simplemente unos frijoles corrientes. ¡Oh no!
Son frijoles mágicos. Pero tendrás que tener cuidado
con ellos. Perdí las instrucciones, así que no estoy
seguro de qué es lo que hacen.

No había nada en el mundo que a Juan le gustara
más que la magia, así que le entregó
a Margarita, tomó los frijoles
y corrió a casa.

Tan pronto llegó a casa,
Juan irrumpió en la cocina
por la puerta trasera y
depositó orgullosamente
los frijoles en
la mesa.

–¿Qué es esto?
–exclamó su mamá.

–¡Ay ay ay! –pensó Juan.

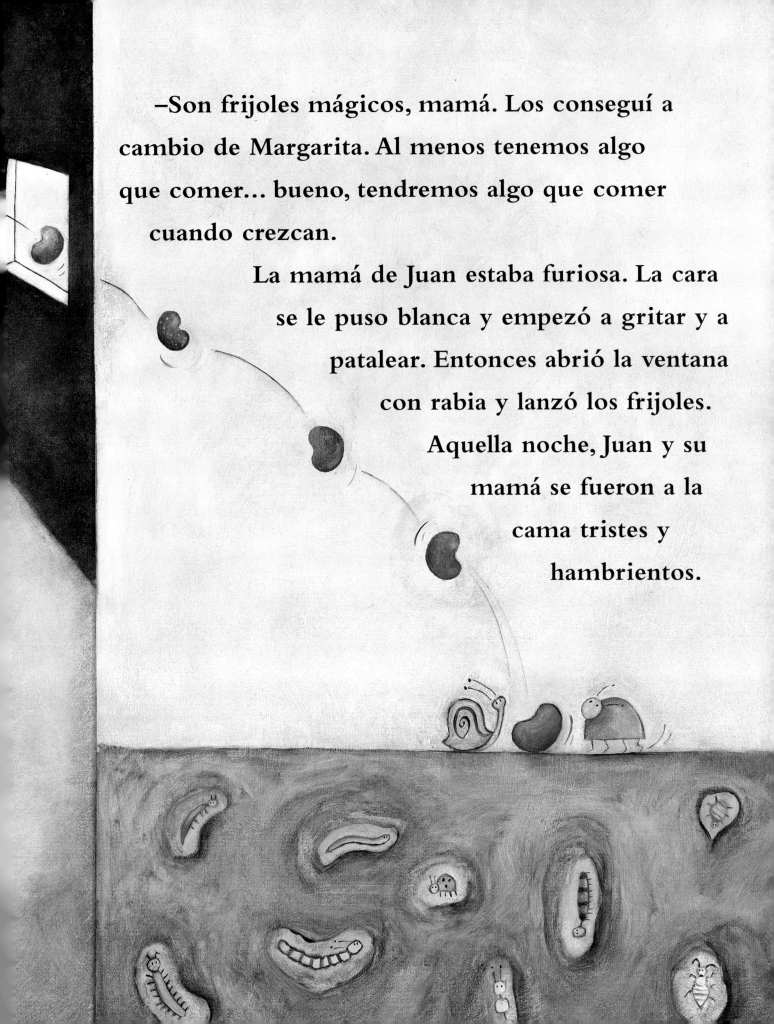

–Son frijoles mágicos, mamá. Los conseguí a cambio de Margarita. Al menos tenemos algo que comer… bueno, tendremos algo que comer cuando crezcan.

La mamá de Juan estaba furiosa. La cara se le puso blanca y empezó a gritar y a patalear. Entonces abrió la ventana con rabia y lanzó los frijoles. Aquella noche, Juan y su mamá se fueron a la cama tristes y hambrientos.

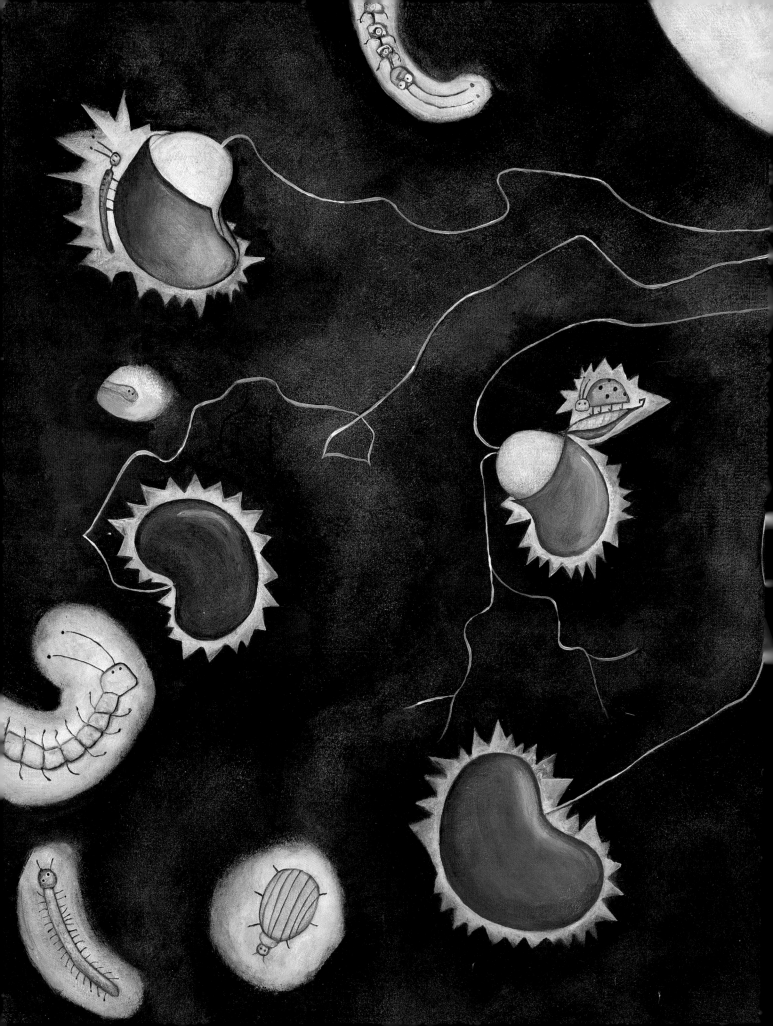

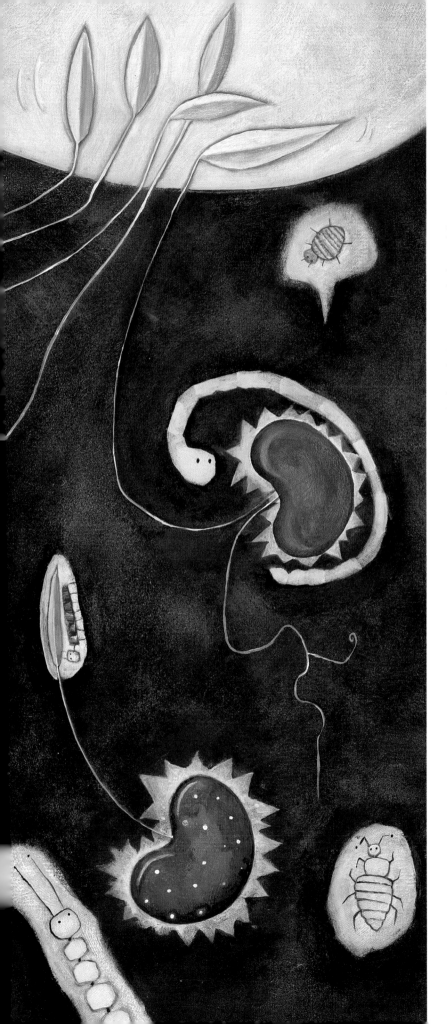

Pero en el jardín, empezaron a ocurrir cosas. Los frijoles se colaron por las grietas del suelo. Sus raíces se hundieron hondo en la tierra y sus brotes surgieron hacia arriba. Atravesaron la dura corteza del suelo, y retorciéndose y enredándose juntos, crecieron y crecieron hacia el cielo hasta que llegaron al país de las nubes.

Entonces el tallo alcanzó la casa y llamó a la ventana del cuarto de Juan.

–¿Quién es? –bostezó Juan. Vio sombras extrañas en la ventana a la luz de la luna y, sin saber si era un sueño o una aventura real, cruzó de puntillas la habitación y abrió las cortinas. Allí, enrollándose y balanceándose a la luz de la luna, estaba el tallo de frijoles más enorme que jamás había visto.

–¿Hasta dónde llegará? –se preguntó Juan.

Sólo había una forma de saberlo. Sin pensárselo dos veces, se encaramó a la repisa de la ventana y empezó a escalar por el tallo. Pronto la casa era sólo un diminuto punto lejano. Aun así continuó su ascenso.

Por fin llegó al país de las nubes y saltó del
tallo de frijoles al esponjoso suelo gris. En la
distancia, podía ver un castillo enorme. Juan
caminó hacia el castillo y llamó a la puerta. Oyó
el sonido de llaves que giraban, el estruendo de

rejas que se abrían y el repiqueteo de cadenas que se desataban. Finalmente, la enorme puerta chirriante se abrió un poco y por la rendija Juan pudo ver a una anciana que lo miraba a la luz de una vela.

–¡No puedes entrar aquí! –susurró–. Él vendrá en seguida.

¡MÁRCHATE!

–¡Por favor! –suplicó Juan–. Soy forastero y estoy hambriento. ¿No podría entrar sólo un momento para comer algo?

La mujer lo miró más de cerca y vio que era un muchacho bien parecido y sonriente.

–De acuerdo, puedes entrar un minuto –dijo–, pero no dejes que él te vea.

—¿Quién es *él*? —preguntó Juan mientras se dirigían a la gran cocina por los polvorientos pasillos del castillo. A lo largo de las paredes había unos sacos enormes y abultados que tintineaban cuando Juan los rozaba.

—El gigante, por supuesto. Si te atrapa, te comerá de seguro. Tiene muy mal genio, así que es

mejor que te quites de su camino. Escóndete entre los sacos si lo oyes venir.

Entonces, tan pronto acabó de hablar la mujer, se oyó el estruendo de unas fuertes pisadas afuera. Juan apenas tuvo tiempo para esconderse tras un montón de sacos, cuando la puerta se abrió de golpe y entró el gigante.

–¡FI, FA, FUM, FO!

¡...La sangre de un apestoso hombre huelo yo! ¿Dónde está, mujer? ¿Dónde lo escondes?

El gigante olisqueó por toda la sala hasta que se aproximó a donde Juan se escondía.

–¡Bah, no seas tonto! –dijo la anciana–. Lo único que hueles es el guiso de carne que te he preparado. Lo estaba probando para asegurarme de que estaba lo suficientemente bueno para ti. ¿Quieres un poco?

Pronto el gigante había sorbido todo un enorme tazón del guiso. Eructó ruidosamente.

–¡Tráeme mi gansa! –ordenó–. ¡Quiero más oro!

La anciana salió de la sala y volvió rápidamente, sujetando un ave enorme de aspecto tristón. Asomándose desde su escondite, Juan vio cómo la gansa empezaba a poner huevos —cada uno hecho de oro puro. Según salía cada huevo, el gigante lo ponía en una huevera enorme. Entonces ordenó: –Ahora tráeme mi arpa. ¡Quiero un poco de música!

Una vez más, la anciana salió rápidamente de la sala y volvió con un arpa exquisita hecha de

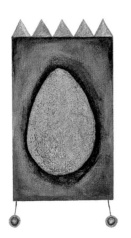
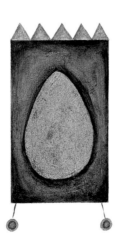

oro puro. Incluso las cuerdas eran de oro.

—¡Toca, arpa, toca! —gritó el gigante...Y
como por arte de magia, las cuerdas empezaron

a vibrar solas y la sala se llenó de una música
bella y apacible. Pronto el gigante se quedó
dormido y sus resoplidos y ronquidos hicieron
eco en toda la sala.

Juan salió a gatas de su escondite y en silencio empezó a arrastrar uno de los abultados sacos, lleno de monedas de oro, a través de la cocina. Era muy pesado y las monedas tintineaban, pero el gigante no se despertó. Juan haló y haló y arrastró el saco hasta salir del castillo, cruzó la nube y volvió al tallo de frijoles. El saco pesaba demasiado para que él pudiera llevarlo, así que lo dejó allí y se deslizó rápidamente hacia abajo.

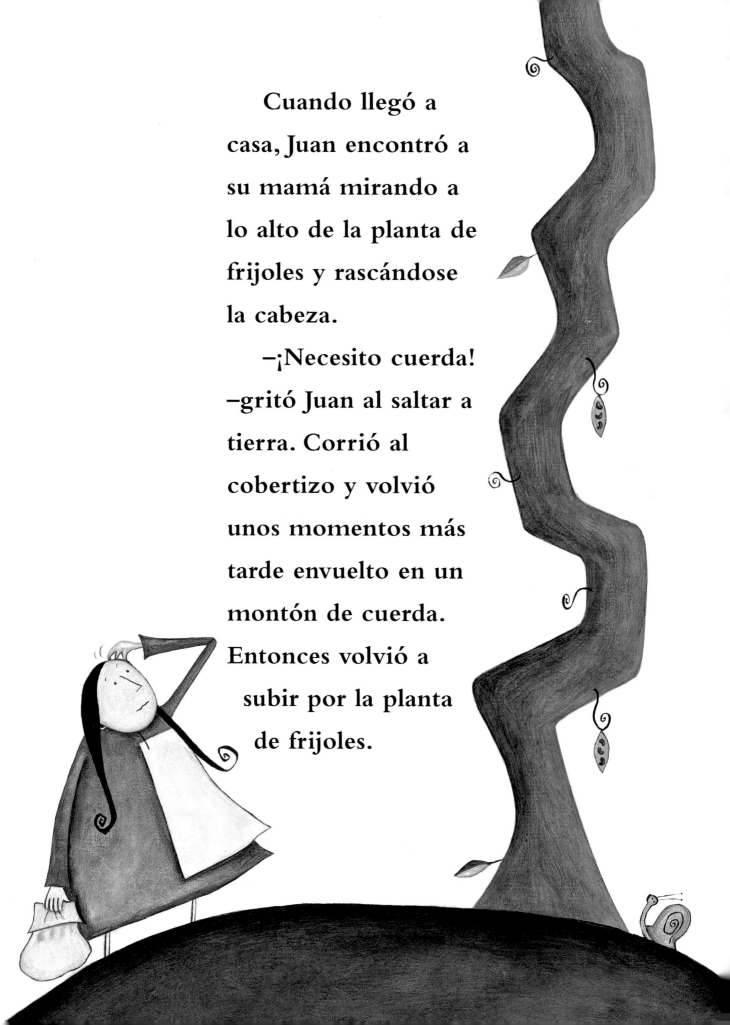

Cuando llegó a casa, Juan encontró a su mamá mirando a lo alto de la planta de frijoles y rascándose la cabeza.

—¡Necesito cuerda! —gritó Juan al saltar a tierra. Corrió al cobertizo y volvió unos momentos más tarde envuelto en un montón de cuerda. Entonces volvió a subir por la planta de frijoles.

Al llegar arriba,
Juan ató un extremo
de la cuerda al tallo
de frijoles y el otro
al saco de oro.
Entonces empezó
a bajar el saco.

Después de un
rato, sintió cómo la
cuerda se aflojaba y
supo que el saco
había alcanzado el
suelo y que su
mamá lo había
desatado.

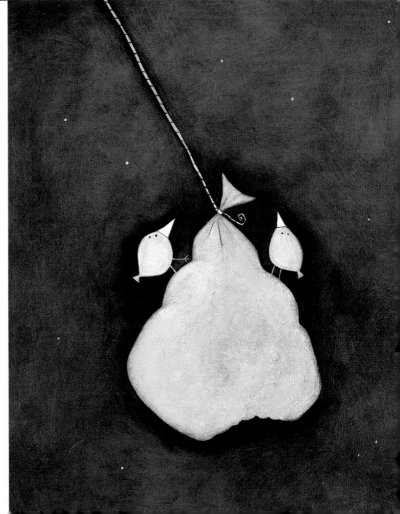

Juan se dirigió otra vez a la cocina para buscar otro saco. Según pasaba sigilosamente por el lugar donde dormía el gigante, la gansa lo miró con ilusión y susurró: —¿Puedo ir contigo? Odio estar aquí. Si me llevas, no tendrás que llevar el saco. Yo puedo poner todos los huevos de oro que tú quieras.

Así que Juan la recogió y salió corriendo. En el pasillo, se tropezó con la anciana.

—¿Puedo ir yo contigo también? —le preguntó.

—Por supuesto —dijo Juan—. Toma, lleva tú la
gansa mientras yo voy a buscar el arpa.

Pero cuando Juan recogió el arpa,
ésta gritó de repente: —¿Qué pasa?
¿Quién eres tú? ¡Socorro! ¡Socorro!

Juan salió corriendo de la cocina justo
cuando el gigante se despertaba. Al ver lo que estaba
ocurriendo, empezó a perseguirlo. Juan corrió más y más de
prisa mientras el gigante se acercaba cada vez más.

Cuando casi había llegado a la planta de frijoles, Juan
pudo sentir la mano del gigante en su cuello.

–¡Rápido! –gritó.

La anciana empezó a
deslizarse hacia abajo con la
gansa. Juan se deslizó tras
ella con el arpa. Detrás de
ellos, oyeron cómo el gigante
gritaba y maldecía mientras
trataba de seguirlos.

La planta de frijoles se dobló y
se movió peligrosamente, primero
a la izquierda y luego a la derecha,
pero la anciana y Juan llegaron
abajo sanos y salvos.

Juan agarró la cuerda.
Haló y haló hasta que
pudo ver al gigante,
el cual se sujetaba
con fuerza al tallo
mientras lo miraba
fijamente. Entonces
Juan soltó la cuerda.

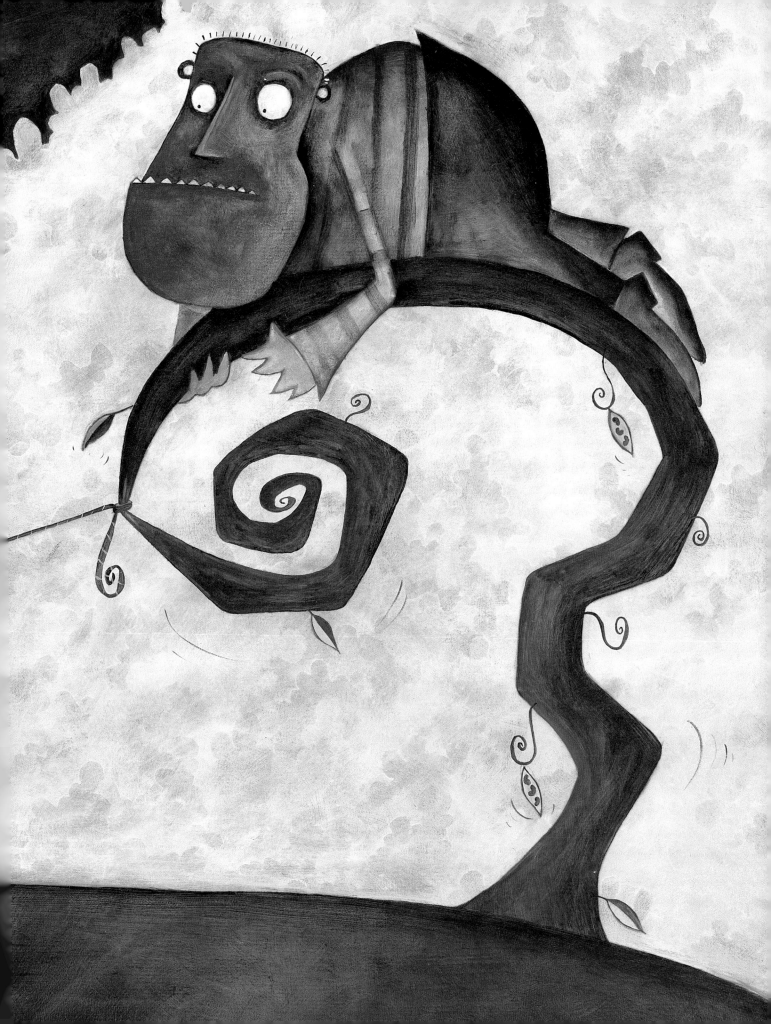

El tallo de frijoles se disparó hacia arriba como una enorme catapulta. Incapaz de sujetarse más tiempo, el gigante salió volando. El impulso lo llevó hasta el espacio y nunca más fue visto. Y, que yo sepa, allí sigue todavía.

La anciana entró en la casa para hacer un té. La mamá de Juan puso el arpa encima del mueble de la cocina y Juan le hizo a la gansa una casita especial. Puso el saco de oro en la bodega y, cada vez que necesitaba comprar algo, sacaba una moneda. Y la última vez que fui de visita, el arpa tocó unas canciones muy animadas y todos bailamos con alegría.